AF299057

LA FAUSSE PEUR,

COMÉDIE

EN UN ACTE, MÊLÉE D'ARIETTES.

Répréfentée pour la premiere fois par les Comédiens Italiens, le Lundi 18 Juillet 1774.

PAR M. N***.

La Mufique eft de M. D'ARCIS, Eleve de M. GRETRI, âgé de 14 ans & demi.

A PARIS,

Chez VALADE, Libraire, rue Saint Jacques, vis-à-vis celle des Mathurins.

M. DCC. LXXIV.

Avec Approbation & Permiffion.

A MA MERE.

O vous, qui m'avez donné le jour, que je regarde encore plus comme une amie que comme ma mere, recevez mon hommage : il vous est bien dû. Pardonnez, s'il n'est pas plus digne de vous : pardonnez, si mon pinceau affoiblit vos vertus. Mon cœur brûlant les sent dans toute leur étendue, & je n'ai qu'à le croire, pour savoir tout ce que vous valez.

Votre figure m'auroit plu : votre esprit m'auroit intéressé, quand même les liens du sang ne m'auroient pas attaché à vous ; & j'aurois voulu être votre ami, si le Ciel ne m'avoit fait votre fils.

Vous avez lu avec réflexion : vous jugez avec délicatesse : vous savez beaucoup ...., & vous possedez, de toutes les sciences, celle d'être assez modeste pour le cacher.

Le Ciel vous a donné cette heureuse confiance, appanage des ames franches. Elle passe de votre cœur sur vos levres : vous ne pouvez croire qu'on en impose, & vous inspirez ce sentiment à tous ceux qui vous écoutent.

Votre cœur est sensible ; & quand vous faites le bien, c'est plutôt par goût que par principes.

Vous avez toujours rempli vos devoirs, & ils ne vous ont coûté d'autre peine que la crainte d'en recevoir les éloges mérités.

Je vous adresse le fruit de mes loisirs. Jeune encore, mon but est d'amuser. Un ouvrage plus sérieux, des travaux plus utiles annonceront l'âge mûr ; mais, quelle que soit ma carriere, quels que soient mes succès, un sourire de vous fera ma récompense ou ma consolation.

AVANT-PROPOS.

En donnant cette bagatelle, je n'ai pas prétendu avoir fait une bonne piece : je me suis trouvé très-heureux de n'en avoir pas fait une détestable. Mon but étoit de procurer à un enfant intéressant l'occasion de faire briller son génie naissant. J'aurois voulu mieux réussir. Le zele a suppléé au talent : il s'est contenté de l'un au défaut de l'autre, & nous avons travaillé. Je n'ai pas douté que ce motif ne me fît trouver grace aux yeux du public. Heureusement je ne me suis pas trompé, & il a eu la bonté de me confirmer à plusieurs reprises que j'en étois quitte *pour une fausse peur.*

Plusieurs personnes m'ont jugé avec rigueur. On a bien fait sans doute : si on m'eut épargné, on auroit aussi bien fait :

peut-être je dois dire , mieux. Je n'en aurois pas cru mon Ouvrage meilleur , mais les juges plus indulgens. Au reste , je fuis charmé qu'on m'ait laiffé au moins le plaifir de rendre le premier à M. de Carmontel la juftice qui lui eft due. L'idée *de la Fauffe Peur* vient de lui. J'avois entendu raconter fon proverbe *du Feint Empoifonnement.* Le fujet étoit gai , j'en fis une piece. Je fçus que le proverbe étoit imprimé. Je le lus, je vis que je n'avois pas fuivi le plan de M. de Carmontel : la piece étoit faite, & je ne la changeai pas.

On a trouvé que les fcènes étoient découfues : je le crois bien. On en a retranché plufieurs : on a ôté deux *duo* prefque à l'inftant de repréfenter. Cependant, j'ofe efpérer qu'à la lecture on reviendra de ce préjugé défavorable.

Je finis, en remerciant le Public de l'accueil qu'il a daigné faire à mon enfant: mais, tout pere que je fuis, la nature ne m'aveugle point, & j'ai regardé fes applaudiffemens, plutôt comme des *encouragemens, que comme des éloges.*

PERSONNAGES.

LA COMTESSE D'ORNANCÉ,
veuve.   Mad. TRIAL.
ORPHISE, *veuve aussi & amie de la Com-
teffe.*   Mad. MOULINGHEN.
LE BARON D'ERGEAC, *pere de la
Comteffe.*   M. SUIN.
LE MARQUIS D'EGRANCEY , *Amant de la
Comteffe.*   M. MEUNIER.
LE CHEVALIER DE RANVILLE , *petit-
Maître.*   M. JULIEN.
RAILLE, *plaifant.*   M. TRIAL.
PICARD, *vieux Laquais.*   M. DESBROCES.
HABITANS *du Château.*
DOMESTIQUES.
PAYSANS.

La Scene fe paffe dans le Jardin du Château
que loue Madame la Comteffe d'Ornancé.

*Le Théâtre repréfente un Jardin : à gauche eft
un perron qui conduit au Sallon : plus loin une
grille.*

L A
FAUSSE PEUR,

COMÉDIE,

EN UN ACTE, MÊLÉE D'ARIETTES.

SCENE PREMIERE.

LA COMTESSE *fait du filet, assise près du perron de son Sallon. Elle rêve & paroît s'applaudir de son idée.*

ARIETTE.

Voila comme il faut faire,
Oui, c'est très-bien pensé :
Un projet, qui sçait plaire,
Est toujours bien sensé.   *Fin.*

Mes doigts ici font mon ouvrage,
Mon cœur vole vers mon Amant :
Ah, Ciel ! avouer mon penchant
C'est me soumettre à l'esclavage :

Non . . . Perſonne ici ne m'entend,
En ce lieu je n'ai rien à craindre.
Triſte vertu ! Ceſſe de feindre,
Laiſſe parler le ſentiment.

Voilà comme il faut faire, &c.

SCENE II.

LA COMTESSE, ORPHISE.

LA COMTESSE, *ſe levant.*

Eh bon jour, ma chere amie ! je vous attendois avec une impatience incroyable. Une
migraine ſuppoſée m'a débarraſſée de ma compagnie. Je l'ai envoyée à la promenade, pour me
ménager un entretien ſecret avec vous.

ORPHISE.

J'ai des choſes excellentes à vous dire . . . .
Vous êtes plus heureuſe que ſage.

LA COMTESSE.

Comment !

ORPHISE.

Ce fat de Chevalier a donné dans le panneau.
Il croit que ſon amour me touche . . . & a voulu,
dit-il, m'en donner des preuves non équivoques.

Je vous en demande pardon ; mais voici vos lettres qu'il m'a sacrifiées. (*Elle lui remet un porte-feuille.*)

LA COMTESSE, *riant.*

Oh, je vous pardonne . . . . il n'y a plus sujet de craindre sa fatuité. Ces lettres ne sont rien : mais vous le connoissez ; il seroit capable de leur donner la plus méchante interprétation. Il s'est même permis quelques mauvaises plaisanteries . . . . Au fait, je puis à mon aise me venger.

ORPHISE, *riant.*

La punition sera proportionnée à l'outrage.

LA COMTESSE.

Oh, cela est trop juste . . . . , l'un & l'autre doivent nous amuser.

ORPHISE, *riant avec malice.*

Et dites-moi, Comtesse, est-ce toujours le Marquis que vous épousez ?

LA COMTESSE, *souriant.*

Point de méchanceté . . . . j'ai voulu choisir. (*Très-gravement.*) Vous savez ce que je dois à sa persévérance. Lui seul peut faire mon bonheur.

ORPHISE.

C'eſt penſer à ravir.

LA COMTESSE, *riant.*

Ce n'eſt pas tout que de bien penſer , il faut agir .... Je veux me mocquer un peu du Chevalier. L'amour propre d'une femme eſt comme le point d'honneur des hommes : c'eſt toucher le cœur par l'endroit le plus ſenſible.

ORPHISE.

Je viens ici pour y concourir.

Duo dialogué.

LA COMTESSE.

Que ſe venger eſt doux !

ORPHISE.

Je penſe commé vous.

LA COMTESSE.

Punir un fat eſt excuſable.

ORPHISE.

L'entrepriſe eſt conſidérable ,
Si vous comptez les punir tous.

LA COMTESSE.

Punir un fat eſt excuſable ,
Et celui-là paira pour tous.

ENSEMBLE.

Pour venger un commun outrage ,

ORPHISE. LA COMTESSE.

Vous avez un moyen tout prêt. Nous avons un moyen tout prêt.

LA COMTESSE.

Nous verrons s'il a du courage.

ORPHISE.

Oh, vous verrez qu'il n'a que du caquet.

Et le Marquis sçait-il votre projet ?

LA COMTESSE, *riant.*

Il ne sçait pas son mariage.

ORPHISE.	LA COMTESSE.
Quelle folie !	C'est ma folie,
Ma chere amie,	Ma chere amie,
Ah ! laissez-vous fléchir,	Rien ne peut me fléchir.
Ne pas calmer sa vive attente	Je veux le laisser dans l'attente :
C'est le faire mourir :	S'il alloit en mourir
Et, je vous trouve trop méchante	La scene en seroit plus piquante,
Rien ne peut vous fléchir.	Rien ne peut me fléchir.

LA COMTESSE.

Point d'appel. Le Chevalier mandé par un billet langoureux se rendra ici dans une heure, sans se douter du tour que je lui prépare. Pour M. Raille, il va arriver dans l'instant.

ORPHISE.

Que prétendez-vous faire de cet original ?

LA COMTESSE.

Ecoutez jusqu'au bout. J'employerai contre lui ses propres armes : car vous savez qu'il faut que je le persiffle aussi. M. Raille, plaisant de

profeſſion, ſans fortune, ſans état, ſe flatte que
je ferai la folie de l'épouſer. Je veux qu'en jouant
le Chevalier, il ſe trouve joué lui-même. Mon
bouffon, mon infidele, mon amant, tous trem-
bleront un inſtant. Rien aujourd'hui n'eſt ſacré
pour moi. Les ſeconds mariages ſont ordinaire-
ment ſi triſtes! Je veux égayer celui-ci, & jouir
pour la derniere fois des avantages de ma liberté.

ORPHISE.

J'apperçois votre pere qui ſe promene.

LA COMTESSE.

Quel cœur! Quel ſentiment! Quelle tendreſſe
il a pour moi! . . . Il ne ſaura pas cependant nos
projets. Il me ſuffit d'être ſûre que leur exécution
l'amuſera. Je veux au moins jouir de ſa ſurpriſe.
Allez retrouver nos Dames . . . Au revoir.

ORPHISE.

Nous paroîtrons quand il en ſera tems.

SCENE III.

LA COMTESSE, LE BARON.

LE BARON, *triste.*

Bon jour, ma fille !

LA COMTESSE.

Vous rêviez, mon pere ... vous êtes triste.

LE BARON, *voulant le cacher.*

Non, ma fille ...

LA COMTESSE.

Parlez vrai, ... vous êtes mon ami.

LE BARON, *lui serrant la main.*

Oui, oui, je le suis, & pour la vie.

LA COMTESSE.

Craindriez-vous d'avoir de la confiance ?

LE BARON.

Ce ne seroit que de peur de te chagriner.

LA COMTESSE.

Est-il rien qui puisse me chagriner de votre part que votre indifférence !.. & j'ose espérer ne l'avoir pas méritée.

LE BARON.

A dieu ne plaife ..... Je ne me plains pas de
ton cœur.

LA COMTESSE.

Ne le tenez donc pas en fufpens plus long-
tems.

LE BARON.

Tu le veux... affeyons nous. (*Elle veut s'affeoir
plus bas, & le faire paffer devant elle.*) Sans
affectation, au hafard, mon enfant : le vrai ref-
pect eft-là. (*Il montre fon cœur.*) Et tel n'obferve
rigoureufement ces attentions extérieures, que
pour cacher le filence de la nature dans fon
cœur... affieds-toi, te dis-je, & caufons...
Je t'ai mariée. Ton choix a décidé le mien : le
fort t'a enlevé ton époux : tu n'a pas encore goûté
la douceur d'être mere .... Le monde eft mé-
chant : tu es jeune, tu es fage, tu es faite pour
rendre heureux un mari..., Ma fille ..... m'en-
tens-tu ? Je fuis vieux, je fuis riche, je voudrois
te voir environnée d'une famille qui t'affurât
pour tes vieux jours le bonheur dont tu réjouis
les miens. Si cela t'afflige, je ne le défirérai plus,
car cela m'affligeroit auffi.... Tu rêves, tu cher-
ches ce que tu diras à ton pere, & tu oublies
que tu dois répondre à ton ami.

LA

LA COMTESSE.

Ne croyez pas, mon pere, que votre fille
veuille user de diffimulation avec vous . . . .
D'abord je fuivrai vos confeils, & j'efpere ac-
quérir cette terre que vous aimez . . . . . Cela
annonce des vues folides, fenfées, . . . n'eſt-il pas
vrai ? *Elle fourit.*

LE BARON.

Bon : après.

LA COMTESSE.

De plus, . . . ce foir . . . je me choifis un
époux.

LE BARON.

Ce foir ! . . . & dis-moi . . .

LA COMTESSE, *le careſſant.*

Vous rien cacher n'eſt pas mon ufage . . . .
Pour aujourd'hui je vous prie donc . . . . . .
de ne m'en pas demander davantage : c'eſt mon
fecret.

LE BARON, *vivement.*

Je le refpecte . . . tu me dirois fon nom, fi tu
foupçonnois que je puſſe défapprouver ton choix.
Ton filence & ta gaîté m'ôtent toute inquiétude.

ARIETTE.

Je te laisse la maîtresse
De ton cœur & de ta foi.
Celui qui sait obtenir ta tendresse,
C'est l'époux que je veux pour toi.
Je m'en rapporte à ta prudence ;
Soyez heureux,
Voilà mes vœux :
Je n'exige pour récompense
Que l'assurance
De toujours vivre avec vous deux.

LA COMTESSE, *lui baisant la main.*

Ce sera mettre le sceau à notre félicité, que d'en être long-tems le témoin.

LE BARON, *plus gai.*

J'en accepte l'augure : cela me rend toute ma bonne humeur … Et, dis-moi, y aura-t-il quelque fête ? … rirons-nous ?

LA COMTESSE.

J'ai certain plan…

LE BARON.

Je ne veux rien savoir, au moins. La vraie fête pour moi, ce sera de te voir unie à celui que tu aimes. Tes dames vont peut-être venir, je m'en-fuis.

LA COMTESSE.

Reſtez, mon pere...

LE BARON.

Non, j'ai ſoixante ans, elles en ont vingt, je les gênerois... & puis elles me gêneroient auſſi... Il faut que chacun ſe rende juſtice. A ce ſoir, nous nous rejoindrons. Tu ne ſais pas cela, toi : il y a tant d'enfans qui s'ennuient avec leur bon homme de pere... & peut-être n'eſt-ce pas leur faute. Chaque âge a ſes plaiſirs & ſes défauts... Vous allez... babiller... babiller... Dieu ſait, & moi je penſe... Adieu, adieu (*en riant*) arrange bien tout... que rien ne manque... adieu (*il l'embraſſe*) mon enfant.

SCENE IV.

LA COMTESSE.

Quel digne caractere!... Je ſuis bien ſure qu'il ſera ravi de mon choix : il aime le Marquis.

SCENE V.

LA COMTESSE, PICARD.

PICARD.

LE Procureur de Madame lui fait dire que cette terre qu'elle loue fera adjugée ce foir.

LA COMTESSE.

Bon ; j'efpere l'avoir à quelque prix que ce foit. Picard ! le Chevalier va venir : tu le conduiras ici myftérieufement, & dès que les glaces feront fervies, que toutes les grilles foient fermées. Je veux qu'on le laiffe quelques inftans en proie à fes frayeurs.

PICARD.

Il fera une bonne mine ... Ah ! à propos, M. Raille, cet homme de tous les Pays... il vient d'arriver. Le voici.

SCENE VI.
LA COMTESSE, M. RAILLE.

LA COMTESSE, *à part.*

Bon !... Employons d'abord toute notre adresse, pour le faire donner dans le panneau.

RAILLE.

Salut, joie, & prospérité à la dame Souveraine de nos pensées.

LA COMTESSE.

Des talens & de l'exactitude !... Mais vous êtes un phénomene.

RAILLE.

Je ne vaux pas la peine d'être attendu : je me rends justice : cependant je ne puis disconvenir que j'ai d'excellentes vues ; mais je n'en fais pas gloire. Etre l'ami de l'humanité, voilà le seul titre que je désire.

LA COMTESSE.

Le seul titre !...

RAILLE.

Oui, oui ; & cela d'une façon neuve, amu-
sante, immanquable.

B iij

ARIETTE *de caractere.*

Je suis Peintre exact & fidele
Des travers de chaque pays :
Moliere est toujours mon modele,
Et mon théâtre est tout Paris. *Fin.*

> Je change de visage
> Comme de vêtement ;
> Je me fais un visage,
> Je suis fou, je suis sage,
> Il ne faut qu'un instant.

PRÉLUDE, *d'un air Allemand.*

Tantôt je prends la bon-hommie
D'un gros & loyal Allemand :
Sti Dame, il être bien cholie,
Cholie un beaucoup grandement.

PRÉLUDE *d'Ariette Italienne fort tendre.*

A certaine Lingua moins doure
Tantôt je fais avoir recours :
Io voi amo charmanta creatoure,
Io vous adorerai toujours.

PRÉLUDE *d'Angloise.*

L'english il m'être fort facile :
Etre vous pleine de rigueur,
Moi vouloir vous ôter mon cœur ;
Mais mon cœur n'être pas docile,
Kismi, vous me ferez honneur.

Récitatif françois.

Digne enfin d'habiter en France ,
Je fais Vaudeville & Couplet ;
Et pour plaire au severe objet
Qui me foumet à fa puiffance ,
Je fuis Auteur, Chanteur, mais toujours fon fujet.

L'amour me rend peintre fidele ,
Des travers , &c.

LA COMTESSE.

A merveille … je compte fur vous au moins.

RAILLE, *d'un ton très-fat.*

Je ferois un ingrat , fi je ne vous faifois l'hommage de mes talens. Vous ne refterez pas long-tems veuve. Le Marquis ne peut pas vous convenir : le Chevalier vous a offenfée … Je n'ai donc plus qu'à vous obéir & à me taire.

LA COMTESSE.

Prenez garde de vous abufer fur nos motifs.

RAILLE.

Non, non , Madame, … on ne m'accufera jamais d'être préfomptueux. Je vais …

LA COMTESSE.

Adieu donc , M. Raille , réfléchiffez : le Chevalier eft votre ami , je vous laiffe libre :

B iv

réfléchiffez,& allez m'attendre dans le grand Parc;
je vous y inftruïrai de votre déguifement.

RAILLE.

J'y vole fur les aîles de l'efpérance & de
l'amour.

SCENE VII.

LA COMTESSE.

Rien ne pourroit le diffuader qu'il ne fera pas
mon mari. Laiffons-lui le croire, tant que cela
ne peut que m'amufer. Voici le Marquis: quelle
différence!... Il eft modefte, timide; ce n'eft
point un homme à la mode, lui: mais auffi, c'eft
un époux que je veux.

SCENE VIII.

LA COMTESSE, LE MARQUIS.

LE MARQUIS, *à part.*

LE Baron dit que c'est ce soir... & Raille sort d'ici mystérieusement, la joie dans les yeux.

LA COMTESSE, *souriant à part.*

Bon ! il croit... l'orage sera vif.

LE MARQUIS, *se contenant.*

Vous vous décidez donc à choisir un époux : & malgré ma tendresse je ne dois plus espérer...

LA COMTESSE, *faisant l'étonnée.*

Ah , ah ! & qui vous a donc appris cette douloureuse nouvelle ?

LE MARQUIS.

Raille depuis plusieurs jours se vante de ses succès, & quelques mots qui viennent de lui échapper...

LA COMTESSE.

Raille s'en vante !.... Pourquoi ne lui pas laisser ce petit plaisir-là ?... Raille !... mais oui... Vous seriez donc bien surpris, si j'épou-

fois Raille!..... Il est aimable au moins, gai,
amusant... jamais boudeur..., & vous veniez
peut-être m'en faire compliment. Je le reçois :
(*Elle lui fait la révérence*), & je vous remercie...
Je trouve même délicieux que ce soit vous le
premier. On voit bien que vous savez cela de
bonne part... Vous êtes des amis de la maison,
vous ...

LE MARQUIS.

Quelle cruelle ironie !

ARIETTE.

Insensible ! inhumaine ;
Malheur
Au cœur
Qui porte votre chaîne.

Non, non, vous n'aimerez jamais.
L'amour en assemblant vos traits,
Voulut vous faire la plus belle,
Il vous fit encor plus cruelle :
Non, non, vous n'aimerez jamais. *Fin.*

Quoi ! l'Amant le plus tendre,
Le cœur le plus épris
Ne peut s'attendre
Qu'à vos mépris ?

Pardonnez, si je vous offense,
Quand je blesse votre fierté ;

L'amour entreprend ma défense,
Il m'avertit que l'indulgence
Doit être sœur de la beauté.

(*La Comtesse fait un mouvement qui veut dire au Marquis qu'il pourroit se tromper.*)

Non, non, vous n'aimerez jamais.
L'amour, &c.

LA COMTESSE, *tendrement.*

Si vous étiez bien sûr de ce que vous dites-là, vous n'auriez pas mêlé votre Mercuriale d'autant de douceurs. Vous voulez me piquer d'honneur, peut-être. Que savez-vous s'il vous est nécessaire de cette petite ruse de guerre ?... On est sensible.

LE MARQUIS.

Comment ! expliquez...

LA COMTESSE.

Bon : vous en sauriez autant que moi. Vous êtes homme à avoir pris cela pour un compliment; mais écoutez la suite... Le Chevalier va venir.

LE MARQUIS, *contenant sa colere.*

Oui, j'entens : le Chevalier : ah, Ciel !

LA COMTESSE.

Cela vous déroute... Je lui ai écrit qu'il se rende ici sur le champ.

LE MARQUIS, *douloureusement.*

Vous lui avez écrit!...

LA COMTESSE.

Mais fans doute... vous voilà furieux... je
ne vous dirai donc pas que c'eft pour m'en dé-
barraffer tout-à-fait, que j'ai un tour à lui jouer...
Non, je ne vous dirai pas tout cela : mais je vous
répéterai que, pour être heureux lorfqu'on fe
marie, il faut être fûr d'être aimé : il faut mériter
de l'être. Alors, Monfieur, on n'eft pas jaloux,
& on remercie fon amie, au lieu de la foupçonner.

LE MARQUIS.

Je vous entends, je fuis coupable. Oui, je
puis encore me flatter d'être heureux.

LA COMTESSE.

Vous ne croyez donc plus que j'époufe Raille
ou le Chevalier ?

LE MARQUIS.

Non ; car je vous rends juftice.

LA COMTESSE.

Vous favez leur crime ; venez apprendre leur
punition. Une voiture entre, cachons-nous : c'eft
Picard & le Chevalier.

SCENE IX.

LE CHEVALIER, PICARD.

PICARD, *faifant le niais.*

Monsieur ! Madame vous prie de l'attendre ici fans vous impatienter. De plus (*à l'oreille*), elle congédie fa compagnie.

LE CHEVALIER, *gaiment.*

Bon !

PICARD.

Ecoutez donc, Monfieur, n'allez pas dire que je vous ai appris cela, parce que...

LE CHEVALIER.

Ne crains rien... (*à part.*) Ce myftere...

PICARD, *tendant la main.*

Monfieur, il me femble que cette nouvelle vous fait plaifir.

LE CHEVALIER.

Sans doute.. (*à part.*) Ce myftere m'annonce..

PICARD.

Oh je dis... je vois bien que je me fuis trompé. Cette nouvelle ne fait pas plaifir à Monfieur.

LE CHEVALIER, *vivement & impatienté.*

Et pourquoi … vois-tu cela ?

PICARD, *tendant la main.*

C'eſt que M. ne témoigne pas ſa joie d'une façon claire.

LE CHEVALIER.

Que diable veux-tu donc que je faſſe ?

PICARD, *ricannant.*

Ah, M. ſait bien que, quand quelqu'un nous annonce quelque choſe qui nous fait quelque plaiſir …

LE CHEVALIER.

Ah je t'entends … tiens, (*il lui donne un louis*) & laiſſe moi à préſent.

PICARD, *mettant dans ſa poche.*

Prenons toujours, quoique ça ne ſoit pas de la commiſſion, *il ſort.*

SCENE X.

LE CHEVALIER, *seul.*

Parbleu, je ne me ferois jamais cru l'ame si compatiſſante. La Comteſſe m'écrit qu'elle eſt incommodée, que ma vue ſeule peut lui rendre la ſanté. J'ai une autre intrigue en train .... & cependant j'accours. Il eſt vrai que l'amour propre y eſt pour beaucoup : l'avanture ſera brillante. Mes ſuccès m'étonnent : ménager deux belles : finir par en épouſer une... Je n'oſois pas me flatter, après ma légereté, de conſerver la Comteſſe. Il ne faut rien négliger.

A I R.

Heureux mortel, tout me proſpere ;
Je reviens, & je ſuis vainqueur.
   La beauté la plus fiere,
Pour moi ne peut être légere ;
J'ai toujours des droits ſur ſon cœur.

Heureux mortel, tout me proſpere,
Je reviens, & je ſuis vainqueur. *Fin.*

   Pour une jeune fille
   J'affecte un air ſoumis ;
   En moi la vertu brille,

Son petit cœur eſt bientôt pris.
Tandis que je ſerre en cachette,
De ce tendron les doigts charmans,
Par mon air ſombre & mes ſermens,
Je calme une mere inquiete,
Et donne au Diable les Amans.

Heureux mortel, &c.

Pour une femme un air plus preſte,
  Un ton plus leſte,
  Regards amoureux,
  Un ſoupir ou deux :
  A-t-on quelque tort
  En crier plus fort.
Bientôt après, en homme habile
Jouer le cœur tranquille ;
  Puis des fureurs,
  Et puis des pleurs.

Heureux mortel, &c.

SCENE

SCENE XI.

LE CHEVALIER, LA COMTESSE *suivie d'un Laquais.*

LE CHEVALIER.

JE suis pénétré…. Mais, adorable Comtesse ! qu'avez-vous ? Vous êtes changée. Vos yeux annoncent le chagrin. Qui peut être assez barbare pour vous en causer ?

LA COMTESSE, *tendrement.*

Il y a un mois que je ne vous ai vu, & vous en êtes surpris !

LE CHEVALIER.

Oh ! je serois le dernier des hommes, si des affaires de famille ne m'avoient inhumainement retenu. J'ai maudit mille fois ma malheureuse étoile … J'ai vu l'instant où je me poignardois de rage … Mais j'ai réfléchi que je n'étois plus maître de moi, que je vous avois consacré ma vie ; & que c'étoit à vos genoux qu'il falloit aller expirer.

LA COMTESSE.

Ah ! que ne puis-je vous croire, Chevalier !

C

j'ai tout lieu de foupçonner que vous ne m'avez jamais aimée.

LE CHEVALIER.

Quel blafphême !...

LA COMTESSE.

Je voudrois bien me tromper... On m'a écrit qu'Orphife ...

LE CHEVALIER, *très-furpris.*

Orphife ! je m'y attendois : j'allois vous en parler. Mais vous, qui connoiffez le monde, dites-moi : peut-on faire le cruel ?

LA COMTESSE.

Il fait une chaleur étouffante. J'ai demandé des glaces. Me tiendrez-vous compagnie ?

LE CHEVALIER.

De tout mon cœur. Sous ces berceaux charmans... près de ce qu'on adore... n'ayant pour confidens que ces oifeaux , pour témoin que l'amour... je crois voir Hebé qui m'offre le nectar.

LA COMTESSE.

L'abfence vous rend bien galant : jamais vous ne m'avez dit de fi jolies chofes, (*à fon laquais*) Servez nous les glaces. En vérité, vous êtes bien complaifant ! J'en ferois prefque orgueilleufe.

(*on apporte des glaces.*) Prenez celle-ci de ma main.

LE CHEVALIER.

C'eſt pour la rendre meilleure.

LA COMTESSE.

Oui, je le fais exprès ; c'eſt mon deſſein, prenez... Vous n'avez donc jamais rien ſenti pour Orphiſe ?

LE CHEVALIER, *prenant la glace.*

Je vous jure que non...(*la Comteſſe le fixe.*) Mais vous me regardez... Vous avez quelque choſe d'extraordinaire.... vous ne ſeriez pas fâchée !... Si vous êtes ſi rigide... vous n'aurez jamais un amant.

LA COMTESSE.

Voilà bien le langage d'un homme qui a commis une perfidie.

LE CHEVALIER.

ARIETTE.

Vous devenez par trop cruelle :
Quant à la loi d'être fidele
La ſuit qui peut,
Non pas qui veut.

En France
On ne croit guere à la conftance :
Un minois vient,
On héfite, on balance,
Le fentiment foutient,
On tient ;
Sur-tout point de défiance,
Après une légere abfence
On revient,
On fe querelle en apparence,
On veut prouver fon innocence,
L'amour fe charge feul des frais,
Un baifer finit le procès.
(*Il veut l'embraffer, elle fe recule.*)   Mais
Vous devenez par trop, &c.

LA COMTESSE.

Un inftant encore & j'y confentirai, fi vous l'exigez. [*Elle tire le porte-feuille du Chevalier.*] Reconnoiffez vous ces lettres.

LE CHEVALIER, *confondu.*

Ah, Ciel !... ce font ... ce font vos lettres... [*à part.*] que dire !...

LA COMTESSE.

Jouiffez de mon défefpoir...Trahie... facri-fiée par vous... la vie m'eft odieufe. J'ai voulu vous dire... un dernier adieu... & n'écoutant que ma douleur, je me fuis empoifonnée.

LE CHEVALIER.

Quel conte ! voilà une fort mauvaise plaisanterie, au moins... Songez vous que vous allez me réduire au désespoir ?.. Comment !.. faire une Tragédie pour éprouver mon amour ... car vous badinez.

LA COMTESSE, *d'une voix plus affoiblie.*

Hélas ! il n'est que trop vrai ... mais de grace... laissez-moi continuer .... Comme il n'étoit pas juste de laisser votre crime impuni ... comme je ne veux pas que vous puissiez vous vanter de votre perfidie & de ma douleur.. le même poison..

LE CHEVALIER.

Comment ! vous avez eu la cruauté !.. Cette glace, Madame !.. Madame, expliquez-vous...

LA COMTESSE, *lui serrant la main.*

Je n'ai plus rien à vous dire, & vous m'avez entendue... adieu. Le poison ne peut tarder à faire son effet.. Adieu, encore une fois. L'affreux spectacle de votre mort ne feroit qu'ajouter à la mienne ...(*Elle rentre & ferme la porte sur elle.*)

LE CHEVALIER.

Cela est consolant !... Madame, peut - être pourroit-on... Elle n'écoute rien.

SCENE XII.

LE CHEVALIER.

Mais voyez cette femme… Quelle fureur!…
L'amour outragé eſt capable de tout. Eſt-il poſ-
ſible?… Ah! je ſens déjà … Que je ſuis malheureux d'être venu!… un feu brûlant ….
(*Il va à la grille qu'il trouve fermée : il ſecoue les
portes du Sallon, il court & paroît fort agité.*)
Ouvrez donc… je ſuis perdu… Hola quelqu'un…
hola donc … il n'y a perſonne dans toute la
maiſon!…. Comment, pas un Valet?….
Cocher, Jardinier, Laquais; répondez donc,
répondez donc.

SCENE XIII.

LE CHEVALIER, *tous arrivent effrayés.*

LE COCHER.

Eh bien !... que diable avez vous donc ?

LE CHEVALIER.

Mes amis... votre Maîtresse ... moi ...
nous sommes empoisonnés.... Où est elle ? Il
faut que je lui parle...

PICARD.

Elle s'est enfermée, & a défendu qu'on laissât
entrer personne ; parce que... parce que....
ah, elle n'a pas dit pourquoi.

LE CHEVALIER.

Je suis perdu... nous sommes perdus...

PICARD.

Bon !... contez-nous donc ça...

LE CHEVALIER.

Ah ! mes amis, ah ! je vous prie
Le poison agit dans mon sein.

C iv

LES DOMESTIQUES.

C'eſt un accès de folie ,
Il lui-faudroit un Médecin.

LE CHEVALIER.

Mes bons amis, je vous ſupplie ,
Courez chercher un Médecin.

PICARD.

Le Bailli ſeroit néceſſaire ,
Mordié , c'eſt un homme bien fin.

LE CHEVALIER.

Ciel ! je vais mourir de colere ,
Allez chercher un Médecin.

LE JARDINIER.

Nous avons un Apothicaire ,
Qui ſçait le Grec & le Latin.

LE CHEVALIER.

Ah ! leur retard me déſeſpere ,
Ils vont reſter dans le Jardin.

TOUS.

Point de tranſport , point de colere ,
Ou nous reſtons dans le Jardin.

<table>
<tr><td>

LE CHEVALIER.

Ah, quel martyre !
Hélas ! j'expire,
Le poison agit dans mon sein.
Mes amis, je vous prie,
Bientôt, c'en est fait de ma vie,
Si vous n'avez un Médecin.

</td><td>

TOUS.

Vois son martyre,
Nous allons rire :
Allons, sortons de ce jardin.
Voyez comme il nous prie,
Oh ! c'est un accès de folie,
Courons chercher un Médecin.

</td></tr>
</table>

TOUS.

Ah ! voici M. Tranquille qui vient fort à propos. (*c'est Raille déguisé en Médecin*).)|

SCENE XIV.

LES PRÉCÉDENS, RAILLE.

RAILLE, *à part.*

Jouissons de son inquiétude, & vengeons-nous d'un rival. (*haut*) Auroit-on besoin de mon ministere !

TOUS.

Hélas, oui : v'la un Monsieur qui est bien malade. (*Il sort en riant.*)

LE CHEVALIER *l'amene sur le bord du théâtre.*

Je viens, Monsieur, d'être empoisonné.

RAILLE, *contre-faifant fa voix & lui donnant*
un accent italien.

Empoifonné!... hé, hé... c'eft dangereux...
dangereux... Savez-vous bien qu'on ne badine
pas avec ces chofes-là?... En êtes-vous bien fûr?

LE CHEVALIER.

Oui, Monfieur.

RAILLE.

Tant mieux, tant mieux... quand on con-
noît le mal, encore paffe... Et c'eft un accident
apparemment!

LE CHEVALIER, *impatient.*

Oui, oui, un accident.

RAILLE.

Ah, tant mieux, tant mieux : je fuis bien
aife que ce foit par un accident. Hé bien... il
faut s'occuper de cela. J'ai guéri, ma foi, plus...
de trente perfonnes.... Je me fouviendrai toujours que le premier... (*il rit.*) que le premier...
(*Il rit en regardant le Chevalier.*)

LE CHEVALIER.

De grace, Monfieur, fongez que le mal eft
preffant.

R A I L L E.

Preffant !... c'eft le mot... auffi nous allons procéder ... Je ne vous citerai pas les aphorifmes d'Hyppocrate, les paffages de Galien relatifs à...

LE CHEVALIER.

Je m'en rapporte plus à vous qu'à tous les Galiens du monde.

R A I L L E, *riant.*

Façon de parler ... je fuis bien aife que vous ayez de la confiance en moi; mais je ne veux pas ... Et vous dites que vous êtes empoifonné !

LE CHEVALIER.

Hélas oui, cent fois oui.

R A I L L E.

Bien ; bien ... & dans quoi ?

LE CHEVALIER.

Dans une taffe de glaces.

R A I L L E.

Dans une taffe de glaces !... Et quelle efpece de poifon ? ...Eft-il incifif, corrofif ou affoupiffant ?

LE CHEVALIER.

Je ne fais pas.

RAILLE.

Vous ne le favez pas!.. Eh bien, je ne le fais pas non plus, moi... Et vous dites : dans une taſſe de glaces.

LE CHEVALIER.

Oui.

RAILLE.

Glaces à l'orange ?

LE CHEVALIER.

Non.

RAILLE.

A la crême ?

LE CHEVALIER.

Oui.

RAÏLLE.

Tant pis, vraiment, tant pis : j'aimerois mieux que cela fût dans des glaces à l'orange. Mais auſſi pourquoi diable prendre des glaces à la crême?.. Enfin, le mal eſt fait... & dites-moi un peu... (*très-vîte.*) Sentez-vous de la douleur au ventre, aux reins, au cœur, au foie, à la rate, au dos, à la gorge, à la tête, aux poulmons, à l'omoplate, au ventricule, au carpe, au métacarpe ?

LE CHEVALIER.

Oui, par-tout.

RAILLE.

Par-tout ! ah tant mieux , tant mieux : nous sommes certains que c'est un poison bien conditionné... & vous dites : dans une tasse de glaces... Voyons la tasse. (*Il met ses lunettes.*) Diable ! elle est volumineuse : voilà des glaces en confcience. (*Il rit.*) L'odeur est suave... Je parie qu'elles avoient bon goût ... hein ?... & voyons votre pouls .... il annonce tension inflammatoire dans tous les nerfs. Parbleu ! c'est un bon pouls que cela ... cela parle , cela s'explique.

LE CHEVALIER.

Mais il faut me guérir.

RAILLE.

J'entends bien, j'entends bien : vous voudriez être guéri. Tous les malades, qui meurent , en veulent bien autant.

LE CHEVALIER, *tombant dans un fauteuil.*

Je vais mourir de rage.

RAILLE, *se reculant.*

Vous croyez qu'il s'y joindra des mouvemens de rage ?... Diable ! cela tendroit alors à la crispateti-convulsion .... Morbleu ! savez-vous bien qu'on meurt dans des douleurs affreuses ?

LE CHEVALIER.

Ah, Ciel!...

RAILLE.

En moins d'une heure.

LE CHEVALIER.

Ahi! Ahi!...,

RAILLE.

C'eſt qu'il n'y a point de tems à perdre, il faut ſe dépêcher, le moindre retard ſeroit dangereux... attendez, je vais... je vais... m'aſſeoir ; car (*Il va lentement chercher une chaiſe du jardin.*) je crois que je parlerai mieux aſſis.

LE CHEVALIER, *en colere.*

Inſupportable bavard!.... Je vais vous paſſer mon épée au travers du corps.

RAILLE *ſe leve , & court le long du théâtre, le Chevalier le ſuit.*

C'eſt bien-là le moyen que je vous guériſſe.

LE CHEVALIER.

Mais voyez ma ſituation.

RAILLE.

Tuez-moi.

LE CHEVALIER.

Le poiſon fait toujours des ravages.

RAILLE.

Vous voulez me paſſer votre épée au travers du corps ?

LE CHEVALIER.

Excuſez mon emportement.

RAILLE.

Je ſaurai mourir avec fermeté.

LE CHEVALIER.

Vous ne mourrez point.

RAILLE.

Vous verrez la douleur générale... tuez moi, vous dis-je.

LE CHEVALIER, *un genouil en terre.*

Je tombe à vos genoux.

RAILLE *s'arrête, le releve noblement.*

Allons, allons, j'ai le cœur bon, je me laiſſe fléchir..! réjouiſſez-vous.

LE CHEVALIER.

Voyons...

RAILLE, *après une grande pause.*

Je confens à vivre.

LE CHEVALIER.

Que vais-je devenir? Quel homme!...

SCENE XV.

LES PRÉCÉDENS, LE BARON.

LE BARON.

LE Chevalier!.. un Médecin!... quel bruit ils font!... Que voulez-vous, Meffieurs!

LE CHEVALIER.

Ecoutez.

RAILLE.

Laiffez-moi vous conter.

LE CHEVALIER.

Ordonnez-lui...

RAILLE.

Jugez-nous.

LE BARON.

Meffieurs!

LE

De grace...

LE BARON.

Meſſieurs ...

RAILLE.

Paix....

LE BARON.

Je vais ma foi ...

RAILLE.

Mais ne ſeriez-vous pas un peu malade auſſi?...
Je veux tous deux vous guérir. Pour m'aider dans
cette glorieuſe entrepriſe, je vais faire tranſporter
ici un inſtrument de mon laboratoire qui aſſurera
votre guériſon.

LE CHEVALIER.

Eh ! que ne diſiez-vous...

RAILLE *le faiſant aſſeoir dans un fauteuil de
jardin.*

Aſſeyez-vous ... qu'on arrive : venez tous être
les témoins de ma gloire. (*Il frappe trois coups.*)

D

SCENE XV.

LES PRECEDENS, LA COMTESSE, ORPHISE.

Les portes du Sallon s'ouvrent. Marche des Dames & des Messieurs qui habitent le Château, précédés de quatre garçons Chymistes en tablier & veste noire, portant un mortier.

Les Laquais & Femmes-de-Chambre marchent après. La Comtesse, Orphise terminent la marche. On ne fait qu'un tour, & on pose le mortier près du Chevalier.

LE CHEVALIER.

ORPHISE ! la Comtesse !... Elles sont ici !...
Je suis joué . . . Tout ceci n'est pas trop plaisant.

ORPHISE *chante aux Domestiques & Garçons de la Pharmacie :*

Ne cachez pas votre tristesse ;
Qu'un sombre & long gémissement
Annonce noblement
La juste douleur qui vous presse.

LE CHŒUR, *plaisamment.*

Hélas ! hélas !

LA COMTESSE, *à M. Raille.*
Essayez donc votre science.

L'immortalité vous attend :
De son salut dépend
Le sort des Belles de la France.

LE CHŒUR.

Hélas ! hélas !

ORPHISE ET LA COMTESSE.

Et vous, très-loyal Chevalier,
La résistance seroit nulle ;
Sans vous faire prier,
Il faut avaler la pilule.

LE CHEVALIER.

Mesdames, je m'avoue vaincu.

LE CHŒUR.

Sans vous faire prier,
Il faut avaler la pilule.

LE CHEVALIER.

N'abusez pas de votre victoire.

LE CHŒUR.

Sans vous faire prier,
Il faut avaler la pilule.

RAILLE.

Je ne demande pas mieux que de terminer sa
guérison qui me paroît assez avancée. Il ne me
reste plus d'espoir que dans la préparation d'une
certaine drogue pilée. (*Il frappe le mortier avec
le pilon. Il s'ouvre, & on en voit sortir un enfant
vêtu en Apothicaire, qui dit au Chevalier.*)

D ij

LE JEUNE ENFANT.

Vous avez abufé de mon nom : aujourd'hui
l'Amour badine. Corrigez-vous, une autre fois il
pourroit fe venger. Allons, point d'humeur :
touchez-là, & recevez ce flacon d'élixir de conftance & de difcrétion. Ne vous y accoutumez
pas ; je me ruinerois, fi j'en donnois à tous les
aimables François qui en ont befoin.

LE CHEVALIER.

Je vous entends, je fuis coupable, & je me
jette à vos genoux.

ORPHISE.

Accordons-lui une trêve.

LE BARON.

Explique-nous donc cette folie.

LA COMTESSE.

C'eft un petit divertiffement pour commencer
ma noce.

LE CHEVALIER.

Votre noce !.. ah, Ciel ! auriez-vous voulu...
je me féliciterois alors ...

LA COMTESSE.

Monfieur le Chevalier, votre offenfe étoit fi
légere qu'elle ne méritoit de vengeance que l'ironie, & c'eft votre meilleur ami M. Raille...

LE CHEVALIER, *riant forcément.*

C'eſt ce coquin-là ?

RAILLE.

Doucement : tu ſauras mes raiſons : ſois ſûr
que je n'aurois pas ſacrifié l'amitié, ſi l'amour
n'eut dû être la récompenſe…

LE CHEVALIER, *étonné.*

Comment !…

LE BARON.

Ma fille, tu m'as promis…

LA COMTESSE.

Oui, mon pere … je vais… Où eſt-il ?…
Ciel !… il m'impatiente … qu'eſt-il devenu ?

RAILLE, *avec vivacité & bas.*

Mais, me voilà ; Madame, me voilà, regardez
donc.

LE CHEVALIER, *bas à la Comteſſe.*

Pourquoi diſſimuler plus long-tems ? Un mot,
& je tombe à vos genoux : je vous ſacrifie Orphiſe.

LA COMTESSE.

Eh, Meſſieurs, laiſſez-moi.

PICARD, *entre vîte.*

Madame , cette terre eft adjugée à un autre qu'à vous , & on ne peut trouver M. le Marquis.

LA COMTESSE.

O Ciel !... le Marquis.... cette terre... m'auroit-on jouée !...

ORPHISE.

Ce feroit une juftice, & vous méritez....
(*à part.*) d'en avoir la peur.

LA COMTESSE.

Qu'entends-je !... des inftrumens !...

UN DOMESTIQUE.

Ce font les Payfans qui viennent ici recevoir celui à qui appartient la terre.

LA COMTESSE.

Quoi ! l'on vient me braver !

LE CHEVALIER, *à Raille.*

Voyons par où cela finira. (*On entend le prélude d'une mufique gaie & champêtre.*)

SCENE XVI & derniere.

LES PRÉCÉDENS, LE MARQUIS.

Le Marquis entre tenant un bouquet. Les Paysans de la terre le suivent. Ils apportent des portiques, de petites lanternes de diverses couleurs qu'ils soutiennent, & avec lesquels ils forment un Sallon au milieu du Jardin. Mais le Marquis entre le dernier.

TOUS, *ceux de la Scene précédente.*

LE Marquis en ce lieu?

LE BAILLI.

C'est à présent notre bon Seigneur.

LE MARQUIS.

Non, mes amis, je ne le suis plus. Je vous conduis aux pieds de votre véritable Dame, & je n'ambitionne que la gloire d'être le premier à lui faire le serment d'hommage & de fidélité. *Il se jette aux genoux de la Comtesse.*

LA COMTESSE, *à part.*

Je respire.

RAILLE, *très-étonné.*

Que Diable signifie...

LE MARQUIS, *à la Comtesse.*

M'acceptez-vous au nombre de vos vassaux ?

LA COMTESSE, *souriant.*

Traître... demain tu seras le Seigneur. Il faut en courir le risque : mais faisons nos conventions: oubliez mes cruautés ou ne m'épousez pas : car ce seroit avoir placé sa vertu à de furieux intérêts.

LE MARQUIS, *lui baisant la main.*

Je n'oublierai jamais mon bonheur & votre indulgence.

RAILLE.

Expliquez-vous enfin, Madame...

LE CHEVALIER.

Oui, expliquez-vous.

LA COMTESSE.

Je vous ai promis qu'en votre présence je me choisirois un époux. Vous voyez que je vous tiens ma promesse. Si vous vous êtes trompé, c'est moins à moi qu'il faut vous en prendre qu'à votre amour propre.

LE BARON.

Je l'aurois parié.

LE MARQUIS.

Si vous me l'eussiez demandé, je vous aurois dit de n'y pas compter.

ORPHISE.

Et moi j'aurois répondu pour deux.

LE CHEVALIER.

Eh bien, cher Compagnon de mon malheureux fort ! voilà une équivoque fort désagréable . . . . à présent il me semble que nous jouons ici un assez triste personnage. Ma voiture est prête : veux-tu que je te mene au bal, beau Masque !

RAILLE.

Tu me persifles ! rien de plus juste : je ne crains rien comme les Céladons.

LE CHEVALIER.

Moi ! j'en ris , & je les plains ; ils vont se marier ; ils feront plus attrapés que moi . . . . Adieu, tendres tourtereaux . . . Adieu , Madame Orphise : je vais prévenir mes amis de l'usage que vous faites des lettres qu'on vous confie , & sur-tout de ne jamais prendre de glaces à la crême chez les Dames qui ont eu la bonté de leur écrire.

RAILLE, *bas & vîte.*

Tu as raifon, tu as raifon : bien, bien ; il faut toujours faire contre fortune bon cœur. Moi, j'enrage : mais je m'en vais avoir l'air gai... tu vas voir. (*il prend un air tragique.*) Jouer un Raille !

Tremblez, foibles mortels ! la foudre eft fur vos têtes

La vengeance m'appelle. . . .

Et fur-tout le Chevalier qui partiroit fans moi.

ORPHISE.

Le laifferons-nous fuir ?

LA COMTESSE.

Il le faut..... ces fortes de gens amufent d'abord : ils s'oublient enfuite, & l'on finit par être obligé de s'en défaire.

LE BARON, *uniffant le Marquis & fa fille.*

O mes amis ! la gaité, la folie font permifes à votre âge ; mais qu'elles n'aient jamais que de juftes bornes : Amufons-nous, ... Commencez, la jeuneffe aime affez à nous donner le ton.

VAUDEVILLE.

ORPHISE.

Allons : cette heureufe journée
Doit diffiper toutes frayeurs,
Et que le plus tendre hymenée
Uniffe à jamais vos deux cœurs ;
Des obftacles l'amour s'irrite,
On fent mieux le prix du bonheur
Lorfqu'on apprend qu'on en eft quitte
  Pour une fauffe peur.

LA COMTESSE.

Je voulois venger une offenfe,
Et punir un fat orgueilleux :
Je triomphe, quand ton abfence
De larmes a rempli mes yeux ;
De crainte mon ame s'agite,
Tu viens, tu affures mon cœur ;
Il te fçait gré d'en être quitte
  Pour une fauffe peur.

LE BARON.

Le fort a comblé ton attente,
Ce jour eft fait pour le plaifir ;

Mais l'espiegle paroît méchanre,
Quand elle n'a pu réuffir :
Par cette leçon fois inftruite
Qu'il faut douter de fon bonheur,
Tu n'en feras pas toujours quitte
    Pour une fauffe peur.

LE PETIT APOTICAIRE, *au public.*

Quoi donc ! pour ma premiere cure
Puiffe-je croire avoir réuffi !
Votre air de bonté me raffure,
Nous ne tremblons plus , Dieu merci :
Vous fçavez qu'en ces lieux j'habîte,
Venez dire au petit Docteur. . . . .
Pour cette fois fois encor quitte
    Pour une fauffe peur.

LE MARQUIS, *au public.*

Sans talens efpérer vous plaire
C'eft vous croire bien indulgent ;
Le Théâtre eft une carriere
Où l'on ne marche qu'en tremblant :
Meffieurs , daignez raffurer vîte
Le craintif & timide Auteur ,
Pour qu'en ce jour chacun foit quitte
    Pour une fauffe peur.

       F I N.

COUPLETS *retranchés après la premiere re-*
préfentation, & qui fe trouvent dans les airs
en Mufique.

PREMIERE SCENE.

LA COMTESSE.

Il faut ceffer d'être févere ;
Mon cœur eft trahi par mes yeux,
Je lui plais, il a fu me plaire ;
Pourrions-nous n'être pas heureux !

Ne croyez pas que c'eft caprice ;
La liberté, felon moi, n'a de prix
Que pour en faire un facrifice
A l'objet dont on eft épris.

A LA DERNIERE SCENE.

LE MARQUIS.

Quel éclat brille dans ses yeux !
La voilà ma charmante amie ;
Si je suis le plus amoureux,
Elle est la plus jolie.

Elle fait à sa volonté,
Notre bonheur, notre supplice ;
Vénus lui donna sa beauté
Et l'Amour sa malice *.

Non , je ne vanterai donc pas
Cet air fin , cet œil plein de flâme,
On devroit se passer d'appas
Lorsque l'on a son ame.

* *Regardant le Chevalier & Raille.*

Andante gracioso.
Il faut cef-fer d'être fé-ve-re,
Mon cœur est trahi par mes yeux; Je lui
plais, il a fçu me plai- -re; Pour--rions-
nous n'é- -tre pas heureux? Je lui
plais, il a fçu me plai-re; Pour-rions-
nous n'é--tre pas heureux, Pour---
Fin.
tions - nous n'é---tre pas heureux?
Minore,
Ne croyez pas que c'est ca--pri--ce

La li-ber-té, se-lon moi, n'a de
prix, Que pour en faire un sa- -cri- fi- ce
A l'ob- jet dont il est épris ; Ne croyez
pas que c'est ca- -pri- -ce ; La li- ber-
té, selon moi, n'a de prix, Que pour en
faire un sa- -cri- - -fi- ce A l'ob- -jet
dont il est épris , Que pour en faire un
sa- -cri- -fi- ce A l'ob- -jet dont il

est é- -pris. Il faut ceffer, &c.
ARIETTE.
QUEL éclàt bril-le dans fes
yeux, La voi-là, ma char-mante a-
mi- -e; Si je fuis le plus a- -mou
reux, Elle eft la plus jo- -li- -
e, Elle eft la plus jo- -li- -e;
Elle fait à fa vo- -lon- -té, Notre bonheur, no- tre fup- -pli- -ce; Vé- -nus lui

don-na la beau-té Et l'amour
fa ma li ce, Et l'amour, fa ma-
li-ce. Non, je ne loue-rai donc
pas cet air fin, cet œil plein de
flamme; On devroit se pas-ser d'appas, lorsque l'on a fon a--me, lorf-
que l'on a fon a--me.

ORPHISE.

VAUDEVILLE.

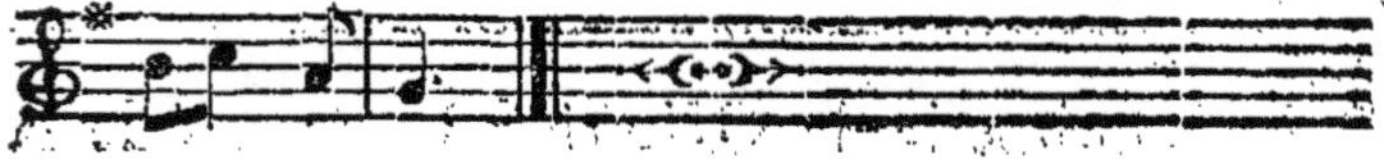

PIECES
DU MÊME AUTEUR.

LE *Connoisseur* , en trois actes & en profe, repréfenté à Verfailles.

LE même en vers qu'on va mettre fous preffe.

LE *Défintéreffement*, Drame en deux actes & en profe.

Richard & Sara, Paftorale en vers.

A bon chat bon-rat, Comédie en un actes.

Georges & Molli, Drame en trois acte qu'on imprime.

J'AI lu par ordre de M. le Lieutenant-Général de Police *la Fauffe Peur* , Comédie, & je crois qu'on peut en permettre la repréfentation & l'impreffion. A Paris ce 4 Juillet 1774. MARIN.

Vû l'Approbation , permis d'imprimer ce 4 Juillet 1774. DESARTINE.

De l'Imprimerie de GUEFFIER, au bas de la rue de la Harpe.

9 782019 293093